# 人はかつて樹だった

長田 弘

みすず書房

# 人はかつて樹だった　目次

I



II

I

## 世界の最初の一日

水があった。
大いなる水の上に、
空のひろがりがあった。
空の下、水の上で、
日の光がわらっていた。
子どもたちのような
わらい声が、漣のように、

きらめきながら、
水の上を渡ってゆく。
遠ざかってゆくわらい声を、
風が追いかけていった。
樹があった。
樹の下には蔭が、
蔭のなかには静けさがあった。
(世界がつくられた)
最初の一日の光景は、
きっとこんなふうだったのだ。
人ひとりいない風景は、
息をのむようにうつくしい。
どうして、わたしたちは

騒々しくしか生きられないか？
世界のうつくしさは、
たぶん悲哀でできている。

# 森のなかの出来事

森の大きな樹の後ろには、
過ぎた年月が隠れている。
日の光と雨の滴でできた
一日が永遠のように隠れている。
森を抜けてきた風が、
大きな樹の老いた幹のまわりを
一廻りして、また駆けだしていった。

どんな惨劇だろうと、
森のなかでは、すべては
さりげない出来事なのだ。
森の大きな樹の後ろには、
すごくきれいな沈黙が隠れている。
みどりいろの微笑が隠れている。
音のない音楽が隠れている。
ことばのない物語が隠れている。
きみはもう子どもではない。
しかし、大きな樹の後ろには、
いまでも子どものきみが隠れている。
ノスリが一羽、音もなく舞い降りてくる。
大きな樹の枝の先にとまって、

ずっと、じっと、遠くの一点を見つめている。
森の大きな樹の後ろには、
影を深くする忘却が隠れている。

# 遠くからの声

林の奥から翳ってきた。
霧がふいに現れた。
木々のあいだから、
あざやかな緑が消えて、
梢のすぐ先のところまで、
灰色の空がどっと落ちてきた。
木立のなかが暗くなると、

逆に、樹の幹が白くなった。
空気がすっと冷たくなってきて、
辺りの景色を黙らせた。
たったいままで、
そこに誰かがいた。
すがたの見えない誰かがいた。
枝々を揺らす風の音は、急いで
誰かが遠ざかっていった跫音だった。
霧がいちだんと濃くなってきた。
昏れてゆく霧の林は、
見えないものの宿る場所だ。
土のたましいを宿す土。
草のたましいを宿す草。

木々のたましいを宿す木々。
じぶんのたましいを探すんだ。
遠くから誰かの呼ばわる声がした。

# 森をでて、どこへ

少年が、歩いてくる。
犬が、歩いてくる。
スカーフの女が、歩いてくる。
日の光が、とても重い。
うつむいて、歩いてくる。
森のなかから、
樹の影のなかから、

みんな、でてきたのだ。
人間は、森の子どもだ。
森を離れて歩くことを択んだ
孤独な、森の子どもだ。
それぞれが、それぞれに、
一人で、歩いてくる。
花をもって、歩いてくる。
水を運んで、歩いてくる。
自転車に乗って、走ってくる。
黙ったまま、歩いてくる。
森をでて、どこへゆくのか？
どこまで歩いてゆこうと、
世界はおなじものでできている。

空と、草と、
石ころだらけの道と、
それから、たぶん、小さな魂で。

# むかし、私たちは

木は人のようにそこに立っていた。
言葉もなくまっすぐ立っていた。
立ちつくす人のように、
森の木々のざわめきから
遠く離れて、
きれいなバターミルク色した空の下に、
波立てて

小石を蹴って
暗い淵をのこして
曲がりながら流れてくる
大きな川のほとりに、
もうどこにも秋の鳥たちがいなくなった
収穫のあとの季節のなかに、
物語の家族のように、
母のように一本の木は、
父のようにもう一本の木は、
子どもたちのように小さな木は、
どこかに未来を探しているかのように、
遠くを見霽《みはる》かして、
凜とした空気のなかに、

みじろぎもせず立っていた。
私たちはすっかり忘れているのだ。
むかし、私たちは木だったのだ。

## 空と土のあいだで

どこまでも根は下りてゆく。どこまでも
枝々は上ってゆく。どこまでも根は
土を摑もうとする。どこまでも
枝々は、空を摑もうとする。
おそろしくなるくらい
大きな樹だ。見上げると、
つむじ風のようにくるくる廻って、

日の光が静かに落ちてきた。
影が地に滲むようにひろがった。
なぜそこにじっとしている？
なぜ自由に旅しようとしない？
白い雲が、黒い樹に言った。
三百年、わたしはここに立っている。
そうやって、わたしは時間を旅してきた。
黒い樹がようやく答えたとき、
雲は去って、もうどこにもいなかった。
巡る年とともに、大きな樹は、
節くれ、さらばえ、老いていった。
やがて来る死が、根にからみついた。
だが、樹の枝々は、新しい芽をはぐくんだ。

自由とは、どこかへ立ち去ることではない。
考えぶかくここに生きることが、自由だ。
樹のように、空と土のあいだで。

# 樹の伝記

この場所で生まれた。この場所で
そだった。この場所でじぶんで
まっすぐ立つことを覚えた。
空が言った。——わたしは
いつもきみの頭のすぐ上にいる。——
最初に日光を集めることを覚えた。
次に雨を集めることも覚えた。

それから風に聴くことを学んだ。
夜は北斗七星に方角を学び、
闇のなかを走る小動物たちの
微かな足音に耳をすました。
そして年月の数え方を学んだ。
ずっと遠くを見ることを学んだ。
大きくなって、大きくなるとは
大きな影をつくることだと知った。
雲が言った。――わたしは
いつもきみの心を横切ってゆく。――
うつくしさがすべてではなかった。
むなしさを知り、いとおしむことを
覚え、老いてゆくことを学んだ。

老いるとは受け容れることである。
あたたかなものはあたたかいと言え。
空は青いと言え。

## 草が語ったこと

空の青が深くなった。
木立の緑の影が濃くなった。
日差しがいちめんにひろがって、
空気がいちだんと透明になった。
どこまでも季節を充たしているのは、
草の色、草のかがやきだ。
風が走ってきて、走り去っていった。

時刻は音もなく移っていった。
日の色が、黄に、黄緑に、
黄橙に、金色に変わっていった。
ひとが一日と呼んでいるのは、
ただそれきりの時間である。
ただそれきりの一日を、
いつから、ひとは、慌しく
過ごすしかできなくなったのか？
タンポポが囁いた。ひとは、
何もしないでいることができない。
キンポウゲは嘆いた。ひとは、
何も壊さずにいることができない。
草は嘘をつかない。うつくしいとは、

ひとだけがそこにいない風景のことだ。
タビラコが呟いた。ひとは未だ、
この世界を讃える方法を知らない。

# 海辺にて

いちばん遠いものが、
いちばん近くに感じられる。
どこにもいないはずのものが、
すぐそばにいるような気配がする。
どこにも人影がない。それなのに、
至るところに、ことばが溢れている。
空には空のことば。雲には

雲のことば。水には水のことば。
砂には砂のことば。石には石のことば。
草には草のことば。貝殻には
貝殻のことば。漂着物には
漂着物のことば。影には影のことば。
椰子の木には椰子の木のことば。
颪には颪のことば。波には
波のことば。水平線には
水平線のことば。目に見える
すべては、世界のことばだ。
すべてのことばのうちの、
ひとのことばは、ほんの一部にすぎない。
颪が巻いて、椰子の木がいっせいに叫んだ。

悲しむ人よ、塵に口をつけよ。
望みが見いだせるかもしれない。
ひとは悲しみを重荷にしてはいけない。

## 立ちつくす

祈ること。ひとにしか
できないこと。祈ることは、
問うこと。みずから深く問うこと。
問うことは、ことばを、
握りしめること。そして、
空の、空なるものにむかって、
災いから、遠く離れて、

無限の、真ん中に、
立ちつくすこと。
大きな森の、一本の木のように。
あるいは、佇立する、塔のように。
そうでなければ、天をさす、
菩薩の、人差し指のように。
朝の、空の、
どこまでも、透明な、
薄青い、ひろがりの、遠くまで、
うっすらと、仄かに、
血が、真っ白なガーゼに、
滲んでひろがってゆくように、
太陽の、赤い光が、滲んでゆく。

一日が、はじまる。――
ここに立ちつくす私たちを、
世界が、愛してくれますように。

II

# 春のはじまる日

灰色の空を摑むように、
灰色の大きな欅の木が、
葉のない枝々を、投網のように
いっぱいに投げていた冬が、
その日、突然、終わった。
そして、空いっぱいに、
微かな緑の空気が、欅の枝々に

刺繍のようにまつわって広がっていた。
樹の下で、思わず、立ちどまって、
見上げると、やわらかな
春の気配が、一度に、
明るい雨のように降ってきた。
幻の人は、そこにいた。
黙って、春の空を見上げていた。
空を見上げているわたしに並んで、
そのまま、ずっと立っていた。
時間は、
ゆっくりと、
過ぎていった。
幸福は何だと思うか？

いつの年も、春のはじまる日だ、
傍らに、幻の人がいると感じるのは。
わたしは一人なのではないと感じるのは。

# 地球という星の上で

朝の、光。
窓の外の、静けさ。
おはよう。一日の最初の、ことば。
ゆっくりとゆっくりと、目覚めてくるもの。
熱い一杯の、カプチーノ。
やわらかな午前の、陽差し。
遠く移ってゆく季節の、気配。

花に、水。
眠っている、猫。
正午のとても短い、影。
窓のカーテンを揺らす、微風。
〈わたし〉の椅子。〈わたし〉の机。
忘れられた価値を思いだす、本。
龍やかいじゅうたちの、絵本。
パンの神の午後の、音楽。
樹上の鳥の鋭い、声。
高い、青い、空。
沈む陽の、箭《や》。
すべて昏れてゆくまでの、一刻。
夜のための小さな、明かり。

月下の仄かな、闇。
住まうとは幸福な一日を追求することだと
〈わたし〉は思う。〈あなた〉は？

# 緑の子ども

今年も、緑が濃くなった。
見上げると、
碧い空を背景に、
高い木々の枝々が、
そびえる緑の塔のようだ。
風が不意に舞いこんで、
無数の葉の影が降ってきた。

空気が乾いてきて、
葉の繁りの匂いがきつくなった。
梢の先では、鳥たちが、
ヒヨドリだろう、いつまでも急ぐように
鋭い声で、啼き散らかしている。
ひろがった河口の上の、
淡い空の色が、目に眩しい。
干潟につづく潮入れの池の葦原で、
叫んでいるのは、たぶんオオヨシキリだ。
濡れた干潟で、泥をさかんに
嘴でつついているのは、あれはコチドリだ。
人間のものでない世界に死はない。
死は再生にほかならないからだ。

新しい季節の葉群の下に、
ずっと、立ちつづけていれば、
緑の子どもに、わたしもなれるのかもしれない。

## あらしの海

あらしが近づいてきていた。
低く、低く、灰色に列なして、
雲という雲が、息せききって、
風に追われて、次々と走ってゆく。
辺りがどんどんと暗くなってきた。
空気がひんやりとしてきた。
海辺に人影はない。

鳥たちもいなくなった。
水平線がはっきりしなくなった。
荒れてきた空の下、
白く尖った波だけが、
磯にむかって突き進んできて、
砂の上にくるおしく散らばって消える。
ドーン、波の音が次第に重くなった。
不意をついて、激しい雨が、
無言で、浜辺に襲いかかってきた。
砂の色がさーっと鈍色に変わってゆく。
その一瞬、ぜんぶの風景が、
なだれてくる雨の彼方へ押し流される。
空の奥で、呼ばわる声がする。

――あらしだ。あらしだ。
雨と、風と、烈しい波だ。
世界は誰のものでもない。
天涯にまさに寂寞たりだ。
何もない。誰もいない。

# For The Good Times

それから、日が暮れてくるだろう。
空が昏くなって、道行く人の
影は濃くなるだろう。果物屋の
店先の果物たちは輝きをますだろう。
果物のように
つややかな時間を、
つまらないものにはするな。

自分をいじりすぎるな。
よい焼酎みたいに、心は
すっきりと、透明なのがいい。
大きくて、頑丈な食卓が、好きだ。
よい食卓の上には、
よい時間が載っている。
おいしい食事とは、
おいしい時間のことだ。
食卓を共にするとは、
時間を共にするということだ。
いちばん大きな、空の話をしよう。
どこかで、この大きな空は、地に触れる。
その場所の名を「終わり」という。

アフリカの砂漠の民の、伝説だ。
「終わり」がわたしたちの
世界の一日が、明日はじまるところ。

# 秋、洛北で

野焼きの白い煙が、
穏やかな秋の風にたなびいて
薄くひろがって流れてゆく。
コスモスの花の畑の向こうに、
畳みなす杉林の緑の影が重なって、
静かな空の下につづいている。
道に沿って走る小さな川の

水の閃きが、真新しい
菊一文字の小刀の刃のようだ。
日差しの溜まる集落のあいだを、
山懐に向かってぬけてゆく。
古い物語に綴られてきた
そのかみの戦さの地。
千年のむかしに、ここで
血と火のなかにほろんでいった
ひとたちがいた。いまは何もない。
静けさのほかには何もない。
風景は何も語ることをしない。
ひとの思いの行く末を、
じっと黙って抱いているだけだ。

歴史は悲しみを待たないのだ。
楢の木の下の小道をゆき、
わたしはそのことばかり考えていた。

# メメント・モリ

覚えているのは、バッタのことだ。
秋の、夕暮れ、
あなたは、夕陽の色をした
ブドー酒を、一人で飲んでいた。
すると、飛んできた一匹のバッタが、
すぐ目のまえの、椅子の背にとまって、
あなたの目を、じっと見つめたのである。

そして、またすぐに、バッタは、
遠くへ飛んでいってしまったのだが、
その、バッタの、目を、
あなたは、それから忘れたことがなかった。
バッタは、詩人だよ。
詩が、あのときの、バッタの
まなざしのようだったら、いいのに。
そう言って、あなたは微笑んだ。
(詩は、あなたには、何か
精神をかがやかすもののことだった)
バッタの目の、記憶を遺して、
あなたは逝き、わたしは、
詩の乏しい時代に、のこっている。

死を忘れるな《メメント・モリ》。
詩が、一人の人生を
直視することばだったら、いいのに。

# カタカナの練習

ツツジハ　キノハナ　デス
サルスベリハ　キノハナ　デス
ツメクサハ　ノノハナ　デス
オオイヌノフグリモ　ノノハナ　デス
ヒッツキムシハ　クサノミ　デス
ギンナンハ　キノミ　デスカ
ハンカチノキハ　キ　デス

ネムノキモ　キ　デス
サクラノキガ　アリマシタ
オオキナ　サクラノキ　デシタ
アルヒ　キリタオサレマシタ
ソシテ　ナクナッテ　シマイマシタ
ソコニハ　ナニモ　アリマセン
アルノハ　キオクノキ　ダケ
キオクノキモ　キ　デス
キオクヲ　ソダテルノハ　コトバ　デス
ウシノツノハ　サバクノキ　デス
アメフラシハ　イソノイキモノ　デス
カイツブリハ　ミズベノトリ　デス
シル　トハ　コノヨヲ

ジブンカラタノシム　ホウホウ　デス
ニンゲンハ　チイサイ　ソンザイ　デス
エラソウニスルノハ　キライデス

## 見晴らしのいい場所

高いところが好きなんだ。
この世をよく見わたせるから。
東京の高い建物は、すべて上った。
新宿。池袋。東京タワー。汐留。
見下ろすたんびに、思った。
これが、世の中だって。
目を凝らしたって、

誰の、人生の、痕跡も、
どこにも、まったく、ねェんだ。
東京築地、国立がんセンターの、
最上階の、見晴らしのいい
食堂で、突然、男が話しかけてきた。
二の腕に点滴の針を突き刺したまま。
あんた、ここに面会にきたんだろ？
おれは、八百屋なんだ。川のある町で、
根ェ張って、芽ェだして、育って、
実った、旬の野菜を売ってきた。
いい果物も。病気が見つかってから、
小さな花屋もはじめた。暮らしに
必要なものは全部、土からもらった。

男はふっと、遠くを見やった。
空も、河口も、切ないまで澄んでいた。
あとは、土にもらったものを、
土に、返すだけ。
天国はいちばん高い場所にあるんじゃない。

# nothing

銀色の風船が、一個、空に上ってゆく。
日に燦《きらめ》く鏡のようなビルのあいだを、
風に追われて、逃亡者のように、
上へ、上へ、上ってゆく。
遠くへ、小さくなった。
——空に消えた。
気がつくと、みんなが、

足をとめて、風船の行方を見つめていた。
青空ノナカノ無。
人生はことばのない物語にすぎない。

# 私たちは一人ではない

花祭りへ。草祭りへ。石祭りへ。
　木の芽祭りへ。青葉祭りへ。
山祭りへ。谷祭りへ。雲祭りへ。
（たのしびに参らっしゃーれ、）
雨祭りへ。水祭りへ。風祭りへ。
　楡祭りへ。樫祭りへ。
棒祭りへ。龍祭りへ。

（かなしびに参らっしゃーれ、）
端月祭りへ。辛夷祭りへ。
兎祭りへ。狐祭りへ。
宵祭りへ。荒ぶる祭りへ。
（神々に会いに参らっしゃーれ、）
桑の実祭りへ。菱の実祭りへ。
火焚き祭りへ。火消し祭りへ。
竈祭りへ。灰祭りへ。
（こころを鎮めに参らっしゃーれ、）
赤祭りへ。青祭りへ。黒祭りへ。
菖蒲祭りへ。貝殻祭りへ。
断崖祭りへ。だんまり祭りへ。
（ことばでねエことばをめっけに、）

田祭りへ。藁積み祭りへ。
　川祭りへ。瀧祭りへ。
雀祭りへ。梟祭りへ。闇祭りへ。
（死んだひとらと円居しに、）
鬼祭りへ。泪祭りへ。
　一の祭りへ。二の祭りへ。
三の祭りへ。千の祭りへ。
（魂のはなしをしに参らっしゃーれ、）
私と並んで、誰かが歩いてゆく。
　祭りの日、私は一人だが、一人ではない。

『人はかつて樹だった』二十一篇は、二〇〇三年以降、次の雑誌に掲載された。上梓にあたり、詩のいくつかのタイトルをあらためた。

Ⅰ「世界の最初の一日」(「えるふ」〇三年5号)「森のなかの出来事」(「えるふ」〇四年6号)「遠くからの声」(「えるふ」〇四年7号)「森をでて、どこへ」(「えるふ」〇五年10号)「むかし、私たちは」(「えるふ」〇五年9号)「空と土のあいだで」(「えるふ」〇四年8号)「樹の伝記」(「えるふ」〇五年12号)「草が語ったこと」(「えるふ」〇六年14号)「海辺にて」(「えるふ」〇六年13号)「立ちつくす」(「えるふ」〇五年11号)

Ⅱ「春のはじまる日」(建長寺「巨福」〇五年81号)「地球という星の上で」(「大きな暮らしができる小さな家」〇三年十一月)「緑の子ども」(「巨福」〇四年79号)「あらしの海」(「巨福」〇四年78号)「For The Good Times」(「Tokio Style」〇五年9号)「秋、洛北で」(「巨福」〇五年80号)「メメント・モリ」(「巨福」〇六年82号)「カタカナの練習」(「飛ぶ教室」〇六年4号)「見晴らしのいい場所」(「巨福」〇六年83号)「nothing」(「文藝春秋」〇六年六月号)「私たちは一人ではない」(週刊朝日百科「日本の祭り」創刊号、〇四年四月)

## あとがき

日々にもっとも親しい存在は、とたずねられたら、毎日その下の道を歩く一本の大きな欅の木、とこたえる。その樹は、いつも変わらないすがた、かたちをしている。けれども、何一つ変わらないようでいて、その樹に近づくとき、自覚して、見あげると、一日一日、樹は、おどろくほどちがうすがた、かたちを、黙って生きているのだということに、ふっと息をのむことがある。

ずっと以前から保護樹木として、一本だけのこされている欅の木。しかし、孤立しているように見えても、樹は、あくまでも共に生きている存在だ。季節と共に、気候と共に、風景と共に、街と共に、時と共にそこにある一本の欅の木によって、不断にじぶんのうちによびさまされてきたものは、しんとして、その樹からつたわってくる、「共に在る」という直接的で、根源的な感覚だったと思う。

ひとの日常の中心には、いまここに在ることの原初の記憶がひそんでいる。たたずまう樹が思いださせるのは、その原初の記憶なのだ。人はかつて樹だった。だが、今日もはや、人は根のない木か、伐られた木か、さもなければ流木のような存在でしかなくなっているのではないだろうか。

「孤独な木（朝陽のあたる村）」という、ドイツの画家カスパー・ダーヴィト・フリードリヒの遺した、冴え冴えとした一枚の絵を思いだす（本書カヴァーの絵）。

『人はかつて樹だった』二十一篇は、思わぬがんの告知をうけた家人に付き添って、傍に、樹のように、ただここに在るほかない、この冬からの日のかさなりのなかで編まれた。一冊の詩集ができあがるまでに、家の近くの欅の木は、黒い枝だけだった冬から、柔らかな春の芽ぶきをへて、藍色の五月へ、灰色の梅雨へ、そうして深い繁みをなす濃い緑の季節へ、すっかりそのすがた、かたちを変えた。

これらの詩を書きつづける持続的な機会をつくっていただいたエクリの須山実氏、名古屋の味岡幹三氏、鎌倉の建長寺の方々に深く感謝する。みすず書房の尾方邦雄氏は、詩集ができるまで、遠くから黙って見まもってくれた。

（二〇〇六年夏）

## 著者略歴

（おさだ・ひろし）

詩人．1939年福島市に生まれる．1963年早稲田大学第一文学部卒業．1965年詩集『われら新鮮な旅人』（definitive edition みすず書房）でデビュー．毎日出版文化賞（1982），桑原武夫学芸賞（98），講談社出版文化賞（2000），詩歌文学館賞（09），三好達治賞（10），毎日芸術賞（14）などを受賞．詩集『深呼吸の必要』（晶文社），『世界はうつくしいと』『奇跡―ミラクル―』『最後の詩集』『誰も気づかなかった』（以上，みすず書房），『幸いなるかな本を読む人』（毎日新聞社），詩画集『詩ふたつ』（クレヨンハウス）など．エッセー『定本　私の二十世紀書店』『アメリカの心の歌』『幼年の色，人生の色』（以上，みすず書房），『詩は友人を数える方法』（講談社文芸文庫），『記憶のつくり方』（晶文社／朝日文庫），『読むことは旅をすること―私の20世紀読書紀行』（平凡社），『なつかしい時間』（岩波新書），『本に語らせよ』（幻戯書房），『小さな本の大きな世界』（クレヨンハウス）など．物語エッセー『ねこに未来はない』（角川文庫）．絵本『森の絵本』『最初の質問』『幼い子は微笑む』（以上，講談社）など．最初の詩集から50年間18冊の詩集471篇の詩を収めた『長田弘全詩集』（みすず書房）を2015年に刊行．2015年5月3日永眠．

長田　弘

詩集

# 人はかつて樹だった

2006年7月10日　第1刷発行
2025年5月20日　第9刷発行

発行所 株式会社 みすず書房
〒113-0033 東京都文京区本郷2丁目20-7
電話 03-3814-0131（営業） 03-3815-9181（編集）
www.msz.co.jp

本文印刷所 精興社
扉・表紙・カバー印刷所 リヒトプランニング
製本所 誠製本


Printed in Japan
ISBN 4-622-07229-7
［ひとはかつてきだった］